AF356473

Diamants M₁₁ Schneider
1 DEC. 1862

Vente des 1er et 2 Décembre 1862

DIAMANTS

DE M^{ELLE} S*** Schneider

ARTISTE DRAMATIQUE

M^e Ch. PILLET, Commissaire-Priseur

MM. MANNHEIM, Experts

EXEMPLAIRE DE H. STETTINER

Paris. Imp. PILLET FILS AINÉ, rue des Grands-Augustins, 5.

CATALOGUE

DES

DIAMANTS

PERLES FINES, RUBIS, SAPHIRS, ÉMERAUDES, &ᵃ

COMPOSANT LE PRÉCIEUX ET BEL ÉCRIN

de Mlle S***, artiste dramatique

DONT LA VENTE AURA LIEU

HOTEL DROUOT, SALLE Nᵒ 7

Les Lundi 1ᵉʳ et Mardi 2 Décembre 1862

A UNE HEURE

Par le ministère de Mᵉ **CHARLES PILLET**, Commissaire-Priseur,
rue de Choiseul, 11,

Assisté de MM. **MANNHEIM**, Experts, rue de la Paix, 10

Chez lesquels se distribue le présent Catalogue.

EXPOSITIONS { PARTICULIÈRE, le Samedi 29 Novembre 1862,
PUBLIQUE, le Dimanche 30 Novembre 1862,

De une heure à cinq heures.

CONDITIONS· DE LA VENTE

Elle sera faite au comptant.

Les adjudicataires payeront *cinq pour cent* en sus des enchères, applicables aux frais.

———

Paris. Imp. Pillet fils aîné, rue des Grands-Augustins, 5.

DÉSIGNATION

DES OBJETS

Bijoux

1 — Cœur composé d'un magnifique saphir bleu velouté,
forme pendeloque, taillé à facettes, entouré d'un
double rang de brillants recoupés; la bélière est composée de quatre brillants.

2 — Bague ornée d'un magnifique rubis, couleur sang de
bœuf, forme ovale, taillé à facettes, le corps orné de
brillants recoupés.

3 — Bague ornée d'une belle émeraude vert pré, forme carrée, taillée à degrés, entourée de brillants recoupés.

4 — Deux boutons d'oreilles composés de deux forts saphirs de forme ovale, taillés à facettes, entourés de brillants recoupés.

5 — Broche ou plaque de collier, composée d'un gros saphir de forme carrée arrondie, taillé à facettes, entouré de deux rangs de brillants recoupés.

6 — Bracelet en brillants, ornement à fleurons, enrichi d'un très-beau saphir de forme carrée arrondie et taillé à facettes, d'un beau bleu velouté.

7 — Bague composée d'un saphir ovale, taillé à facettes, entouré de brillants.

8 — Broche composée d'une très-belle turquoise de forme ronde, vieille roche, entourée de brillants recoupés.

9 — Grand et beau collier composé de brillants et émeraudes de forme carrée, et pendeloques.

10 — Collier, modèle jarretière, en or, orné d'une plaque composée d'une topaze rose, forme carrée arrondie et taillée à facettes, entourée de brillants recoupés, et enrichi d'une grosse perle orientale, forme pendeloque.

11 — Belle plaque de collier, composée au centre d'une belle perle ronde, entourée de deux rangs de brillants; dans le rang extérieur se trouvent quatre forts et beaux brillants. Ce bijou est terminé à sa partie inférieure par une très-belle perle d'Orient, forme poire.

12 -- Deux boutons d'oreilles, composés de deux très-jolies perles rondes entourées de brillants.

13 — Deux boucles d'oreilles, composées chacune d'une perle ronde entourée de brillants, et d'une grande perle, forme pendeloque, à calotte en roses de Hollande.

14 — Deux boucles d'oreilles, composées chacune d'un bouton en brillant et d'une pendeloque en perle.

15 — Deux boucles d'oreilles, composées chacune d'un bouton en brillant à entourage de brillants et d'une pendeloque en perle fine à double entourage de brillants.

16 — Broche composée d'une perle bouton, à double entourage de brillants, ornée, comme pendentif, d'une pendeloque en perle fine et de deux brillants forme pendeloque.

17 — Deux boucles d'oreilles composées de boutons et pendeloques en belles perles noires entourées de brillants.

18 — Collier composé de cinq rangs, comptant 397 perles, orné d'une plaque enrichie d'une belle perle forme bouton, entourée de brillants.

19 — Grande et belle plaque de corsage, composée d'un bouquet de pâquerettes à feuillages, et pendentifs en brillants.

20 — Très-belle broche en forme d'une rose de haie, entière-
ment composée de gros brillants recoupés.

21 — Très-belle plaque de ceinture, en forme de rosace, en
beaux brillants recoupés, parmi lesquels se trouvent
trois gros brillants.

22 — Rivière composée de quatre-vingt-deux brillants recoupés.

23 — Peigne, forme grecque, en brillants recoupés.

24 — Autre peigne formé d'un seul rang de brillants recoupés.

25 — Deux boucles, forme Louis XV, carré oblong, en beaux
bril' nts recoupés.

26 — Broche, en forme de feuille de vigne, en brillants recoupés, enrichie de trois rubis d'Orient et d'une très-
belle pendeloque en perle fine.

27 — Deux boucles d'oreilles, composées de boutons et pendeloques d'émeraudes taille cabochon, entourées de
brillants recoupés.

28 — Deux autres boucles d'oreilles, composées de boutons et
pendeloques en rubis d'Orient, taille cabochon, entourées de brillants.

29 — Châtelaine, sa montre, ses cachet et clef, en or, enrichis de beaux ornements en brillants et rubis d'Orient.

30 — Tour de col composé d'un rang de perles fines, orné d'une rosace en brillants et d'un cœur formant médaillon, à pavé en turquoise et griffes en roses de Hollande.

31 — Tour de col, modèle jarretière en or, orné d'une petite plaque et d'un cœur en turquoises et roses à ornements figurant des coquilles.

32 — Petite montre en or, à cuvette ornée d'entrelacs en brillants et roses de Hollande; mouvement de Leroy et fils.

33 — Montre en or, ornée de turquoise et roses, figurant des quadrilles; elle est suspendue à une broche de forme plate, ornée, de même, de turquoises et de roses.

34 — Bracelet en or, enrichi d'une rosace à double rang de brillants, et dont le centre est occupé par une belle perle fine d'Orient; cette rosace se trouve encadrée par deux beaux ornements à fleurons.

35 — Bracelet en or, enrichi d'une fleur composée de beaux brillants recoupés.

36 — Bracelet en or, composé de deux fils demi-jonc à filets émaillés gros bleu, enrichi d'ornements en brillants et quadrilles en perles d'Orient.

37 — Bracelet en or, enrichi de cinq émeraudes, taille cabochon à griffes en roses et entre-deux en brillants.

38 — Bracelet, modèle jarretière en or, orné de bandes en roses de Hollande, alternées de bandes émaillées noires et enrichi d'une émeraude forme carrée arrondie, taillée à facettes, et de six beaux brillants recoupés, montés en forme de trèfles.

39 — Bracelet en or émaillé noir, orné d'une forte émeraude, taille cabochon, entourée de brillants recoupés.

40 — Bracelet en or, à mille raies émaillées noires, enrichi d'une grecque en roses de Hollande, entrelacée d'un double rang de turquoises.

41 — Bracelet en or émaillé violet, avec devise en roses de Hollande : *Dieu vous garde*.

42 — Bracelet en or uni, forme manchette, avec devise : *Remember*.

43 — Bague demi-jonc, composée d'un brillant recoupé, de deux perles fines et de deux fleurons en roses de Hollande.

44 — Bague, modèle marquise enrichie de trois rubis d'Orient et entourage en brillants.

45 — Bague, modèle jonc, en brillants recoupés, alternés de de rubis d'Orient, taille cabochon.

46 — Petite bague à double rang, composée de rubis d'Orient,
brillants et roses de Hollande.

47 — Bague ornée d'un grenat vermeil de forme octogone,
taillé à degrés, entouré de roses de Hollande et le
corps orné de brillants.

48 — Bague, modèle demi-jonc, ornée d'un saphir et de deux
brillants recoupés.

49 — Bague ornée d'un saphir entouré d'un rang de brillants
et griffes en roses de Hollande.

50 — Bague, saphir entouré de brillants.

51 — Bague ornée d'une jolie émeraude de forme carrée,
taillée à degrés, entourée de brillants.

52 — Bague formée de trois émeraudes de forme oblongue,
l'une montée en hauteur, les deux autres en longueur.
Elles sont toutes trois entourées de petites roses.

53 — Bague ornée d'une émeraude taillée à degrés, entourée
de brillants.

54 — Bague, forme jonc en or, enrichie de brillants.

55 — Bague ornée d'une opale de Hongrie, montée à quatre
lobes en or émaillé, enrichie de brillants et de petites
roses.

56 — Bague ornée d'un cœur en roses de Hollande.

57 — Bague en or, forme jonc, enrichie d'un brillant recoupé.

58 — Bague ornée d'une seule perle ronde d'Ecosse.

59 — Bague de cravate, modèle jarretière en or, enrichie
d'une applique en perles fines, filet d'émail gros bleu
et rang de petites roses de Hollande.

60 — Autre bague de cravate en or, enrichie d'une petite applique émaillée à grecque en noir et ornée au centre
d'une turquoise entourée de roses de Hollande.

61 — Broche en forme d'abeille, le corps est en perle fine et
les ailes en roses de Hollande.

62 — Broche en forme de papillon, en turquoises et roses de
Hollande alternées.

63 — Broche et boucles d'oreilles en or, modèle jarretière,
enrichies de corail rose et perles fines.

64 — Broche de forme ronde, en or, à trois bâtons, ornés
de perles fines attachées par des rubans en rubis.

65 — Broche en forme de fer à cheval, or et turquoises.

66 — Boucle de ceinture de forme ovale, en or, roses de Hol-.
lande et turquoises.

67 — Broche en forme de fleur, en or émaillé.

68 — Epingle de châle figurant une abeille, le corps en perle fine et les ailes en roses de Hollande.

69 — Épingle de châle, composée d'un joli bouton en perle noire à entourage d'or et de quatre rubis d'Orient.

70 — Épingle formée de deux fers à cheval enlacés en or, enrichis de brillants, rubis et saphirs.

71 — Deux épingles de châles, l'une composée d'un entrelac en corail sculpté, l'autre d'une boule de même matière à étoile en rose de Hollande.

72 — Deux boucles d'oreilles, à pendeloques, en corail rose sculpté à entre-lacs, ornée de brillants ; et deux boutons de manchettes de même travail.

73 — Deux boutons de manchettes, forme ronde en or, enrichis de rubis et brillants.

74 — Deux boutons de manchettes, en forme de rosaces à quatre croissants de corail rose, entourés de roses de Hollande et perles fines.

75 — Deux boutons de manchettes, forme ronde en or, à fleurons de turquoises et roses de Hollande.

76 — Deux boutons de manchettes, forme ronde, en or émaillé, à jarretières en turquoises et rosaces en perles fines.

77 — Deux boutons de manchettes, forme ronde, en or émaillé à mille raies, à fer à cheval en turquoises.

78 — Une paire de doubles boutons de manchettes en jaspe noir avec brillants recoupés au centre.

79 — Deux petits peignes à bandeaux en perles fines, et bandes en roses de Hollande.

80 — Une paire de doubles boutons de manchettes, en or émaillé à figurines de femme.

81 — Bracelet tout or, à grosse chaîne à quadruple gourmette, enrichi d'un médaillon.

82 — Bracelet tout or, modèle jarretière, à boucle et boutons brunis.

83 — Bracelet tout or, modèle gourmette.

84 — Bracelet tout or, modèle jonc.

85 — Bracelet en doublé or, à ornements gravés.

86 — Peigne en or uni et bruni.

87 — Chaîne de col en or, modèle gourmette.

88 — Chaîne de col en or, modèle à anneaux emmaillés.

89 — Deux boucles d'oreilles, modèle Boule, en or, et atta-
ches en turquoises.

90 — Deux boucles d'oreilles en or, modèle lanterne.

91 — Deux boucles d'oreilles en or, modèle étrusque à pendeloques.

92 — Deux boucles d'oreilles en or, modèle pendeloque.

93 — Une paire de doubles boutons de manchettes, à fortes
boules en or.

94 — Broche ronde en or, à inscription : *Memento*.

95 — Broche en or à deux boules.

Objets divers

96 — Très-bel éventail, en nacre de perles à feuillages gravés
et dorés; les maîtresses branches sont enrichies en
roses de Hollande, rubis et émeraudes; la feuille,
peinte en miniature d'une très-grande finesse, repré-
sente l'Enlèvement des Sabines.

97 — Autre éventail en ivoire sculpté et repercé à jour; la
feuille, peinte en miniature, est ornée de trois mé-
daillons, l'un à sujet pastoral dans la manière de Bou-
cher, les deux autres à amours.

98 — Couronne de lauriers en or; au centre se trouve une
étoile.

99 — Double flacon en verre rubis, à bouchons en or, à têtes
de chiens émaillées, entourées de roses de Hollande.

100 — Flacon en or émaillé, en forme d'amphore à deux anses,
modèle étrusque, posé sur un petit trépied en argent.

101 — Tabatière ovale, Louis XVI, en or émaillé gros bleu, entouré de filets blancs et cordons à perles et feuilles
en or ciselé; sur le couvercle, un médaillon ovale;
portrait de femme en costume époque Louis XIV.

102 — Petite boîte ovale en or ciselé et guilloché; sur le couvercle, médaillon ovale peint en grisaille, jeux d'en-
fants sur fond rose.

103 — Tabatière carrée à angles arrondis, en or guilloché.

104 — Très-bel étui en or de couleurs, ciselé. Epoque
Louis XV.

105 — Petit porte-mines en or guilloché, orné d'un rubis
d'Orient.

106 — Porte-mines en or, modèle anglais.

www.ingramcontent.com/pod-product-compliance
Lightning Source LLC
LaVergne TN
LVHW011026180726
843502LV00007B/2773